20F
Les Oeufs

alexandra cardoso

Mon papa n'aime pas le supermarché

Philippe Fournier

Mon papa n'aime pas le supermarché

Illustrations de Jean-Charles Sarrazin

Mouche

l'école des loisirs

11, rue de Sèvres, Paris 6e

Loi n° 49.956 du 16 juillet 1949 sur les publications
destinées à la jeunesse : mars 1994
Dépôt légal : mars 1994
Imprimé en France par Mame à Tours

Pour
Antoine
et
Alphonse

– Tu es prête, Karine ? m'a crié maman.

J'étais super prête. Je n'aurais pas loupé ça pour rien au monde, même pas pour une vidéo-cassette de Bucky O'Hare !

Faire les courses avec mes parents, c'est vraiment le circus.

Avec les deux. Parce que rien qu'avec maman, c'est déjà moins marrant. Elle a toujours une liste de commissions préparée à l'avance – elle a réfléchi pendant deux heures en mâchonnant le capuchon de son stylo pour ne rien oublier – et elle sait où elle va. Le côté surprise est complètement exclu.

Quand il y a papa avec nous, ça devient burlesque.

Ce n'est pas que papa soit du genre maladroit, qu'il casse des bouteilles d'alcool rien qu'en les effleurant ou qu'il s'incruste la tête la première dans les conserves de plats préparés. Non, papa est un bon conducteur de caddy, il n'y a rien à redire là-dessus.

Le hic, ce qui cloche, ce qui provoque mes rires, ce qui exaspère maman, c'est que papa déteste faire les courses.

Papa éprouve une véritable haine pour les magasins, peu importe leur taille.

Maman dit que c'est pathologique. C'est vrai qu'on ne peut qualifier ça que par un nom compliqué et incompréhensible, comme ceux qu'emploient le pédiatre et la directrice d'école.

Aujourd'hui, c'était la totale ! Nous devions acheter des provisions pour un mois, c'est-à-dire assez pour tenir un siège de deux ans.

Le mélodrame pathologique de papa a commencé dès ce matin, au lever du soleil, avant le brossage intensif des dents.

Papa, qui redoutait ce jour maudit, était grognon. Il avait la bouche pâteuse comme s'il avait mangé une plaque de beurre des Charentes, les mains moites, et il a avalé un litre de café pour se donner du tonus faute de moral.

C'est à ce moment-là que maman lui a dit :

– N'oublie pas que nous allons au supermarché après le déjeuner, Charles !

Papa est devenu tout pâle et s'est enfui dans le garage pour voir si, par chance, la voiture n'était pas en panne. La voiture de papa est toujours vrombissante le samedi.

Je suis allée trouver mon papa et pour lui faire plaisir et lui changer ses idées noires, je lui ai demandé s'il voulait jouer aux dames avec moi.

Pourquoi pas ? m'a-t-il répondu, mais j'ai bien senti au ton de sa voix qu'il n'en avait aucune envie. On a quand même fait une partie dans le living. J'ai mangé tous les pions de papa et j'ai été quatre fois à dame.

Maman s'est mise à repasser du linge à côté de nous, ce qui a encore plus déconcentré papa.

– S'il te manque quelque chose, Charles, dis-le moi que je puisse l'ajouter à ma liste.

– J'ai tout ce qu'il me faut, a répondu papa.

Il ne manque jamais rien à papa. Si nous l'écoutions, nous n'irions au supermarché qu'une fois par décennie.

Jusqu'à midi, papa a marché comme un zombie. On aurait cru qu'il avait une bombe dans l'estomac et qu'elle n'allait pas tarder à exploser. C'est terrible d'avoir une bombe dans l'estomac. Moi, j'en ai toujours une grosse quand on a dictée à l'école, parce que je suis nulle en orthographe et que j'ai peur de me faire attraper.

Dès que la vaisselle a été lavée, essuyée et rangée, maman a donné le signal du départ. Papa a tout fait pour retarder la mise en route. Il n'avait mis qu'une chaussette et il a cherché l'autre pendant un quart d'heure.

– Prends donc une autre paire, Charles ! lui a conseillé maman. Mais il ne l'écoutait pas.

En fait, la deuxième chaussette se trouvait dans la poche du pantalon de papa. Je me demande s'il n'a pas fait exprès de la cacher !

Je suis montée sur la banquette arrière de la voiture et j'ai attendu les premières attaques. Mon papa et ma maman s'aiment beaucoup, mais quand ils se retrouvent dans la voiture, ils sont comme chien et chat. Maman griffe et papa mord.

Papa a deux techniques de

conduite : la speedée et la molle. Quand il fonce en doublant tout ce qui bouge, maman hurle que nous allons nous écrabouiller, que papa est ravagé et que s'il continue elle va descendre en route.

– Si tu n'es pas contente, prends le bus ! lui rétorque papa.

Maman n'a jamais pris le bus, elle ne doit même pas savoir à quoi ça ressemble.

Si papa conduit pépère, style escargot de Bourgogne, maman n'est pas plus satisfaite.

– Charles, je te rappelle que le week-end se termine demain ! dit-elle sur un ton agressif.

Aujourd'hui, papa a conduit normal. Mais il a grillé un feu rouge. Maman est passée au vert.

– Tu es fou, Charles !

– Je ne l'ai pas vu.

– Tu vas nous tuer, oui !

– Pardonne-moi…

On est tout de même arrivés à destination sans bobo. Sur le parking du supermarché, ça a été la corrida. Papa a tenté de se garer devant la porte d'entrée, celle qui s'ouvre toute seule quand on se met devant. Ça a duré une heure et on a fini par se retrouver à deux kilomètres. Maman était furax.

Ensuite, il y a eu le gag de la pièce de 10 francs pour le caddy. Maman n'avait pas de monnaie.

– Comme d'habitude ! a dit papa avec ironie.

Puis il a fouillé ses poches à la recherche d'une pièce miraculeuse.

Contenu des poches de papa : un Kleenex en boule qui datait des dernières croisades, un briquet Zippo inutilisable, une clef qui ne servait à rien, une photo du chien après son shampoing mensuel, un ou deux cachous Lajaunie, un chewing ramolli, un autre Kleenex de 32 avant J.-C., une boîte de cigares, un morceau de papier chiffonné avec inscrits l'adresse et le numéro de téléphone de tonton Prosper qui depuis a déménagé quatre fois, et enfin deux malheureuses pièces de… 20 centimes !

En bref, c'est moi qui suis partie faire la monnaie d'un billet à la caisse centrale.

Après une demi-heure d'attente, nous avons enfin pénétré dans le magasin. Maman devant, moi au milieu, et papa et le caddy derrière. Maman a sorti la liste de son sac à main et a commencé à remplir le caddy. Papa suivait au ralenti. On aurait dit qu'il dormait.

Quand maman et moi sommes arrivées au rayon des surgelés, papa avait disparu. J'ai filé à sa recherche et je l'ai retrouvé devant la charcuterie, hypnotisé par des strasbourgs.

DANON
Aux fruits

– Je te cherche partout, papa !
– Je suis là, ma chérie !
– Tu viens ?
– Oui…

Son « oui » était franchement désespéré. Pour un peu, il m'aurait demandé la dernière cigarette et le dernier verre du condamné à mort.

Je l'ai ramené à maman qui n'était déjà plus aux surgelés. La poursuite a commencé. Je me suis retournée à trente reprises pour voir si papa me suivait bien. Le supermarché est la principale cause de torticolis. Maman était en vue, rayon des pâtes, les bras chargés de quiches lorraines, de pizzas, de frites light, de petits pois et de poissons pannés. J'étais soulagée… Manque de bol! J'avais largué papa entre la viande et les gâteaux d'apéritif.

L'équipe s'est reformée aux jus de fruits.

– Tu n'as pas bientôt fini? a demandé papa à maman.

– Tu crois peut-être que ça m'amuse ?!...

Nous avons attaqué les produits d'entretien. Maman, qui est une consommatrice experte, abonnée à *50 Millions de consommateurs*, a jonglé avec les étiquettes des prix des lessives. Papa trouvait ça absurde et il a haussé les épaules.

– De toute façon, a dit maman, toi, tu laverais ton linge avec du savon !

Le caddy débordait. Papa avait des difficultés pour le faire avancer droit. D'ailleurs, il ne bougeait plus ! Il s'est garé devant la caisse numéro 26. Il ne faisait même pas la queue.

Le bout de la queue était absolument invisible. Le samedi, c'est un jour terrifiant où tout le monde fait ses courses, c'est la bousculade.

Maman est venue ajouter une bouteille d'huile et un pot de mayo dans le caddy. Papa souriait béatement croyant que c'était la fin. Fausse joie ! Maman est repartie vers d'autres conquêtes. Papa me lançait des signes désespérés.

– Karine, ne voudrais-tu pas garder le caddy, j'aimerais fumer une cigarette ?

– Impossible, papa ! Je vais à la librairie...

Papa était au bord des larmes. Il

se tordait les doigts, se rongeait les ongles, poussait des petits cris aigus

et tout le monde le regardait comme s'il venait de s'évader de l'asile.

Maman est repassée devant le caddy, direction les produits ménagers.

Elle avait oublié le Palmolive vaisselle.

– Je n'en peux plus ! se lamentait papa.

– Une minute, chéri...

Une minute, tu parles ! Maman s'est enfoncée dans les confitures. Figues, fraises, prunes, abricots ! Et les biscottes qui vont avec !

Papa s'apprêtait à abandonner le caddy au milieu de l'allée centrale. Je suis arrivée juste à temps pour le raisonner.

Maman était là aussi.

– Je pense que nous avons tout ! a-t-elle dit, épuisée.

Nous avons pris la file de la caisse numéro 3. Au bout de dix minutes, maman s'est rendu compte que c'était la caisse rapide, six articles maxi.

– Nous n'avons aucune chance de passer ! a-t-elle rigolé.

– Qu'est-ce que j'ai fait pour mériter ça ? a soufflé papa.

Nous en étions enfin au dernier stade de l'expédition. Il fallait régler la note, salée. Maman n'avait pas sa Carte bleue. Papa a sorti son carnet de chèques. La caissière, avec un sourire de guenon, lui a demandé s'il avait une pièce d'identité. Papa n'avait que sa carte de donneur de sang.

– Vous donnez votre sang ? Avec votre mine de papier mâché ? a dit la caissière sur un ton de réprobation. Papa n'a pas relevé, il était K.O. debout.

Il croyait que son supplice était terminé. Il se trompait.

– Bien, si nous passions aux choses sérieuses maintenant ! a fait maman.

– Quoi ?!

– Tu sais bien, Charles ! J'ai besoin de me vêtir ! Je n'ai plus rien à me mettre !...

Papa était abasourdi. Il se serait écroulé sur le carrelage si je ne l'avais pas soutenu.

Nous nous sommes donc dirigés vers la galerie marchande. Maman devant, sourire en bataille, moi toujours au milieu, et papa et le caddy surchargé à l'arrière.

– Tu as vraiment besoin de moi pour changer ta garde-robe ? a questionné papa.

– Tu sais bien que j'aime avoir ton avis, Charles ! a fait maman, mielleuse au possible.

Bien entendu, c'était un mensonge honteux. Maman se moque complètement de l'avis de papa. D'ailleurs, pour papa, tous les tissus sont des chiffons.

J'ai souri à papa pour lui donner du courage. Mais pour donner du courage à papa, il aurait fallu tous les sourires de tous les enfants de la planète.

Nous avons commencé la razzia des vêtements par la lingerie. Papa aime bien la lingerie. Pourtant, toutes ces dentelles, ce n'est pas très cool. Je crois que les papas ont des goûts bizarres.

Papa a laissé le caddy à l'entrée

de la boutique. Personne ne pouvait nous le voler, il était trop lourd et quasiment inamovible. Un lutteur de sumo, à la rigueur !

Maman a choisi dix soutiens-gorge dans un bac puis s'est dirigée vers la cabine d'essayage. Papa se tenait devant le rideau, jetant un coup d'œil de temps en temps. Moi, je farfouillais dans le bac des culottes pour voir s'il y en avait des sympas à ma taille.

J'ai pu entendre les échanges de dialogue entre papa et maman.

– Tu aimes les balconnets, Charles ?

– Oh oui !

– Non... Finalement, je ne vais pas prendre avec balconnet!...

Deuxième étape de la lingerie: les bas-collants!

Maman est à la fois bas et collants. Papa est uniquement bas.

Maman a flashé sur des collants avec des dessins à fleurs. Ils étaient vraiment chouettes, j'aurais bien voulu les mêmes.

– Si tu achètes des collants, j'émigre en Espagne! a dit papa.

Je ne sais pas ce que ça signifiait, mais papa n'était pas content du tout.

Maman a acheté six paires de bas. Papa était fier, comme si c'était pour lui.

Le temps s'écoulait. On arrivait à peine aux robes et autres jupes. Quand maman s'offre une robe, c'est qu'elle en a essayé cent avant. L'horreur !

Papa en avait assez de patiner. Mais maman commençait juste à s'amuser. La bouffe, ça l'excite, mais les vêtements, ça lui donne des ressorts.

Elle a fondu pour une superbe robe en lycra damassé. Elle a essayé une taille 40 sous le regard médusé de la vendeuse.

Maman ignore totalement ses hanches ! Résultat : impossible de rentrer dedans !

– Je me mets au régime dès ce soir ! a lancé maman, dégoûtée.

Papa ricanait dans sa barbe. Il y avait de quoi. Maman est quasiment au régime 365 jours sur 365 ! C'est pathologique !

Maman s'est rabattue sur une jupe classique, plutôt courte. Elle nous a fait signe pour qu'on la rejoigne dans la cabine d'essayage.

– Ça te plaît, Charles ? a-t-elle demandé en pivotant sur elle-même.

– On voit tes fesses ! ai-je fait remarquer.

– Mais non, elle est parfaite !... Qu'en penses-tu, Charles ?

– Bof !... On y va ?

Papa adore quand maman est bien fringuée, mais il souhaiterait que ça arrive par l'opération du Saint-Esprit.

Les chaussures. Pour maman, choisir une paire de chaussures

demande des siècles, avec rien que des années bissextiles. Maman a d'abord hésité pour savoir si elle les prenait avec ou sans talons. Ensuite, il y a eu les options forme et couleur. Et, accessoirement, le prix. Papa s'est assis sur un tabouret en fixant ses vieux baskets.

Maman nous a fait un véritable défilé de mannequin. La vendeuse était au bord de l'apoplexie, comme le chien l'an dernier quand on a voulu lui faire prendre un bain moussant.

Maman s'est décidée pour des escarpins rouge et noir avec une croûte cuir de velours et des talons

effilés. Papa a fait marcher son ché-
quier.

La nuit tombait. L'achat d'un sac à main s'est passé en quatrième vitesse : trois quarts d'heure !

Papa ne savait même plus où il était ni comment il se nommait. Il ne répondait que par oui ou par non aux questions de maman. Si on l'avait oublié quelque part,
on ne l'aurait

jamais retrouvé, c'est certain. Mais maman avait besoin de lui : il avait le carnet de chèques !

Pendant que maman s'engouffrait dans une boutique de manteaux, papa et moi sommes allés vider le contenu du caddy dans la voiture. Je poussais le caddy de toutes mes forces. Papa portait des tas de paquets, et comme ses yeux étaient cachés, je l'ai guidé : à droite, à gauche, attention à la voiture garée ! Tu vas marcher sur un chien, papa ! Kaï ! Kaï ! Tu as marché sur un chien, papa !...

Nous avons tout déchargé dans le coffre. Maman prétend que le coffre, c'est ce qu'il y a de plus important dans la voiture.

Abandonnant tout le fatras de sacs et de paquets, nous sommes repartis à l'intérieur du supermarché. Papa était livide. Moi, ça fonctionnait bien. Je savais que à présent, ça allait être à mon tour de m'éclater…

Nous avons retrouvé maman qui poireautait devant l'entrée d'un magasin très spécial.

– Qu'est-ce que tu fais là ? lui a demandé papa.

– Tu n'as pas de tête, Charles ! Demande donc à Karine !

Papa s'est tourné vers moi. Il a compris et m'a pris la main.

Dans ce magasin très spécial, il y avait des milliards de jouets. C'était extraordinaire.

On sentait bien que c'était bientôt Noël !

Papa et maman m'ont laissée courir dans tous les sens. Je ne savais pas où donner du regard. Les peluches géantes m'ont impressionnée.

– Nous ne pouvons pas t'en acheter une, Karine ! m'a dit maman. Ta chambre est trop petite !

– Nous pourrions toujours la mettre dans le living ! a fait papa.

C'est comme ça que j'ai eu droit à un panda qui fait deux fois ma taille.

Après, j'ai foncé vers les consoles de jeux vidéos. Maman était avec moi. Nous avons fait plusieurs parties de Super Mario. Je suis bien plus forte que maman.

– Mais où est passé Charles ?! s'est inquiétée maman au bout d'un long moment.

Nous l'avons cherché pendant dix minutes. Le magasin très spécial était plein de papas. Mon papa ressemble à tous les autres papas, mais en mille fois mieux.

– Le voilà ! a crié maman comme si elle venait de découvrir un trésor.

Papa était allongé sur le sol, en train de s'amuser avec un train électrique, un T.G.V. Il était vraiment heureux pour la toute première fois de la journée.

Je me suis assise à côté de lui et j'ai fait le chef de gare.

– En route les voyageurs !... Montpellier, trois minutes d'arrêt !...

Maman a disparu.

TGV
TGV

Elle est revenue dix minutes plus tard avec un grand paquet-cadeau. C'était le T.G.V. ! Elle l'a offert à papa, qui en a eu les larmes aux yeux. Il a quand même dû aller à la caisse faire un chèque.

Papa et maman se sont embrassés pendant une éternité.

– Ce train, c'est pour te récompenser d'être si sage au supermarché, Charles ! a dit maman…

Malgré tout, je suis sûre que mon papa n'aimera jamais le supermarché.

C'est pathologique !…

TGV

IGF